名家美术高考改优示范系列之二

名家张文恒速写改优

ZHANGWENHENGSKETCHCORRECTIONS

编　著／张文恒
AUTHOR／ZHANG WEN HENG

吉林美术出版社
JILIN FINE ARTS PRESS

BRIEF INTRODUCTION OF WRITER

作者简介

张文恒 1959年9月出生，河南人，现任南开大学东方艺术系与艺术设计系副教授，中国油画学会会员。

作品曾参加“中国油画双年展”、“第九届全国美展”、“中国艺术大展”及“第三届中国油画展”等，并曾获奖。出版的专著、画集共20余种，在全国艺术学子中影响甚大。作品散见于全国各种专业期刊及大型画册，中央电视台《美术星空》栏目曾以“中间地带”为题对其艺术创作情况予以介绍。

1992年曾创办“华艺美术专修学校”，2002年开始在郑州与美术高考名师海雁共同创立“张文恒美术高考特训班”（TEL：13183006975），多年来通过两人卓有成效地辅导，考取全国各类美术院校（系）的学生已逾千人。

PREFACE

序

速写在美术高考与美术院校的教学中都占有不小的比重。通过速写训练，可以深化学生对于艺术的体悟以及对形态、结构的形式意味的敏感，尤其是快速挥写的造型能力及自由构筑画面的能力等，都会由此得以提高。

速写的练习，可以由慢到快，由繁及简，如是，简约的点划方可传达出丰富的信息，豪放而不逾规，率意却不悖理。当然，待达到一定的水平后，瞬间的挥写甚至就变成了全凭直觉的自主动作，其间长期的苦修与慢写的积累在你的潜意识中内在地发挥着作用，影响着你的判断，支配着你的动作，维系着画面的生命。

速写的手头功夫最为重要，它需一定时日的锤炼方可获得。作为考生，最好每天都画，时间不一定很长，重要的是持之以恒，持续的、一定时间的练习，肯定要比短时间的甚至超负荷的“突击”效果要好，毕竟，速写的学习需要一个吸纳、消化、巩固及深化的时间过程。速写艺术品位的追寻应贯彻速写练习的全程，可以画得幽默点，但不要弄得像漫画；可以工整一点，但不可太像白描甚至像卡通。尽量画得厚实点、松动点，某种分寸感的把握很重要。速写者与被画者的关系是既相忠实，又相游离，不必刻意、被动地去描摹对象，而应当从艺术表现的需要出发，尽可能传神地把握对象的内在精神与基本感觉，突显线条的语言魅力，而非试图表面地复原对象，把对象画得刻板、生硬、生机全无。

张文恒

2004年5月

学生作品

此学生作品，各部分间的比例失调，头部有些小，下肢过于粗大，手部的表现最为失败。线条与线条的组织要有张有弛、有强有弱、主次井然，且有节律之感与变化之美，切忌生硬、刻板，把对象“框”得意味索然、了无气韵。

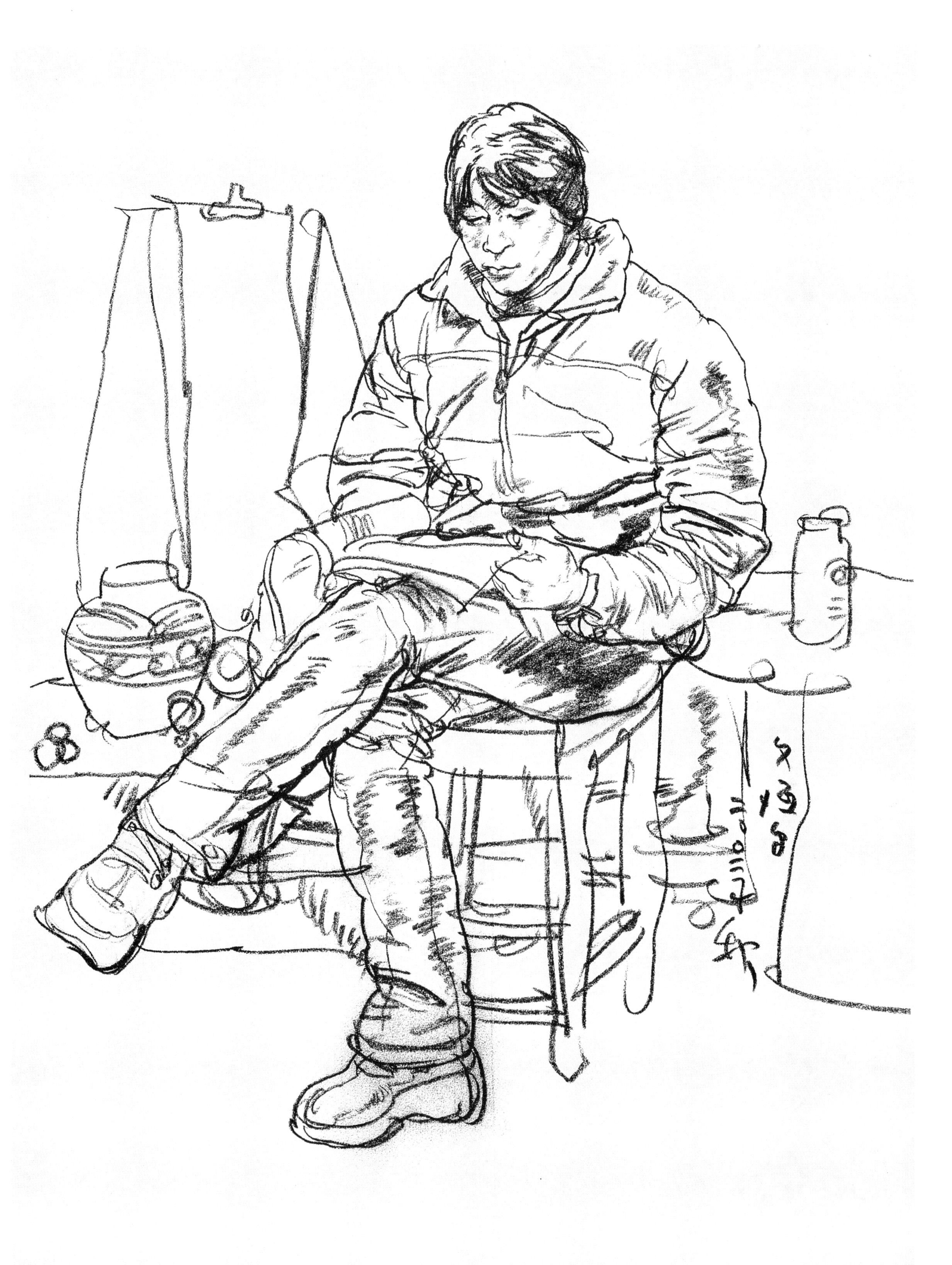

改优作品

学生作品

此学生作品，其形体涣散无力、结构也很别扭，头、手及胳膊的结构与透视关系不妥。手指不必个个描出，须传神地画出其基本感觉，其位置与大小要以头部作参照来定。衣纹的组织要能很好地体现出对象的结构转折与透视感觉，且要注意其本身的美感。

改优作品

学生作品

此学生作品，其人物形态与结构松软无力，且肢体太过肥胖，整个人物的外部造型缺乏美感与表现力。线条有些杂乱无序，缺乏必要的穿插与疏密处理。面部与手尽管无须画得太过具体，但也要洗练地表现出其结构与形态的大的感觉与意象。

改优作品

学生作品

此学生习作，其造型与神态呆板，缺乏生气，头部结构的表现有些平板和过于简单，手画得过小，手形与手指都很别扭。整幅的线条分布过于均匀，缺少变化。线条要从形体与结构的要求出发，笔笔生发，环环相扣，力避没有意义的线条且要展现线条本身的语言魅力。

改优作品

学生作品

正面的速写比较难画，左半并非右半的简单重复，要在对称中求变化。此学生作业，形态平板，缺少节奏感与韵味，肩膀稍宽，腿部僵直，尤其是手，画得太小，其结构也含糊不清。线条要注意其顿挫的节奏与起伏转折的气韵。

改优作品

学生作品

站立的姿势较难把握，身体的外轮廓要能很好地显现出对象的形体结构，尤其是腿部，大腿与小腿并非一根直线，而是略显弯度，又要站稳脚跟。此学生作业，其形体僵硬、毫无美感，且线条生硬、草率，缺少必要的变化。脸与手的表现更经不起推敲。

改优作品

学生作品

人物的外部造型要有某种节奏感和形式意味。此学生作业，其坐姿不够顺当，好像没有坐下去，手臂的转折与透视的感觉也没有画出来。右手臂有些短，头、手的表现也没有神采，形态直板无力，线条杂乱无序，缺少某种艺术上的意趣。

改优作品

学生作品

此学生作业，其神态僵硬无神，外部轮廓也没有美感，上身稍短。头、手的表现也乏善可陈，伞与凳子、身体部分不大谐调。整幅画面线条过于简单乏力，画面应当蕴含某种特殊的意味与视觉张力，画面的布局与处理应当显现出某种艺术上的匠心与必要的设计上的预期。

改优作品

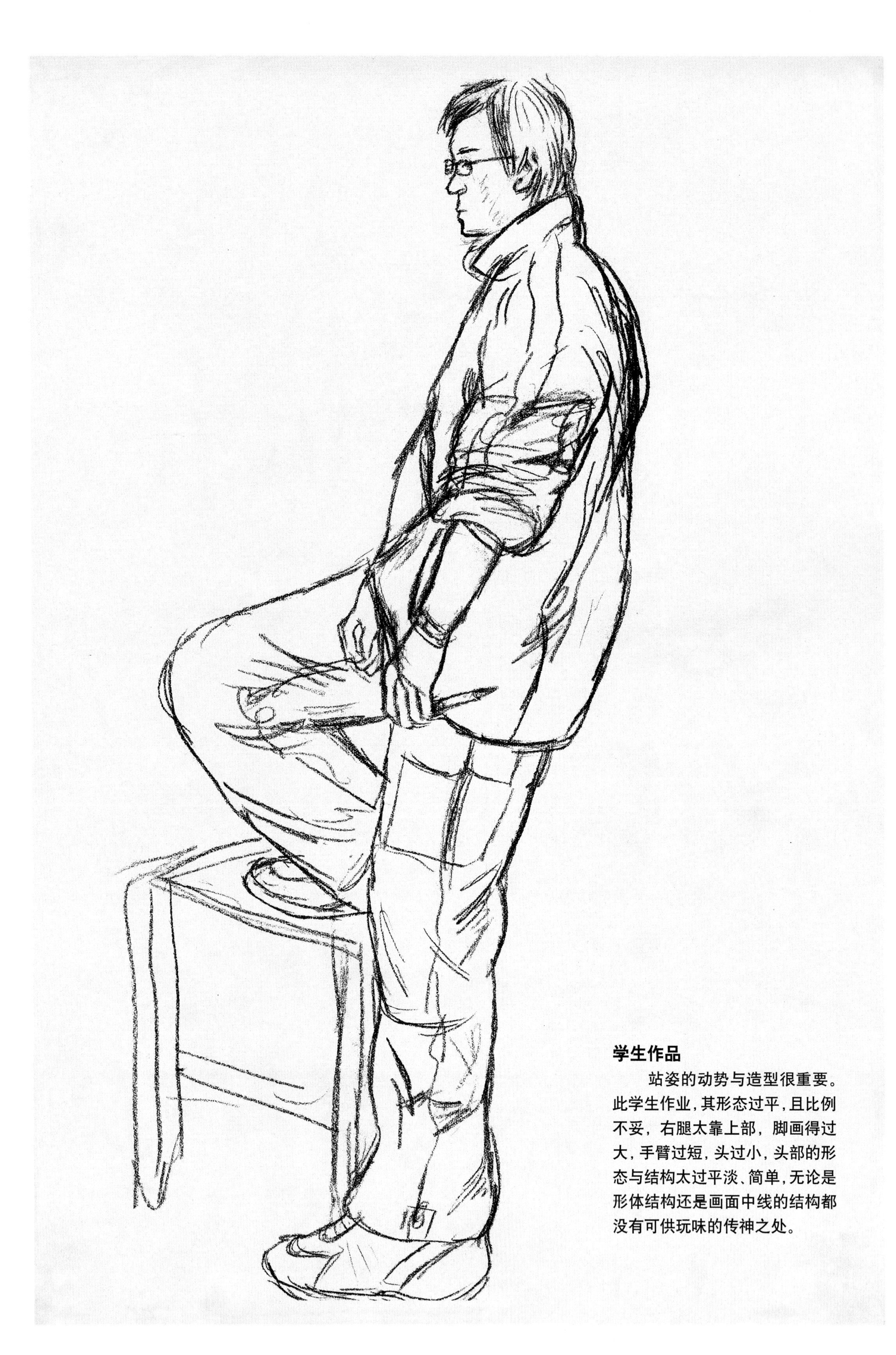

学生作品

站姿的动势与造型很重要。此学生作业，其形态过平，且比例不妥，右腿太靠上部，脚画得过大，手臂过短，头过小，头部的形态与结构太过平淡、简单，无论是形体结构还是画面中线的结构都没有可供玩味的传神之处。

改优作品

学生作品

动势的表现在这两幅作品的对照中可见其个中奥妙，学生作业中的站姿节奏感不强，肢体僵直，上肢略短，线条疏密、穿插的组织没有秩序感，线条本身也缺少韵味。

改优作品

学生作品

此学生作业，其肢体稍过臃肿，其较实的一侧没能很好地体现出形体的内在结构。此幅作品的线条较为繁密，应在纷乱的线条中分主次，见条理，似乱非乱。头、手等处应有精彩与生动的表现。

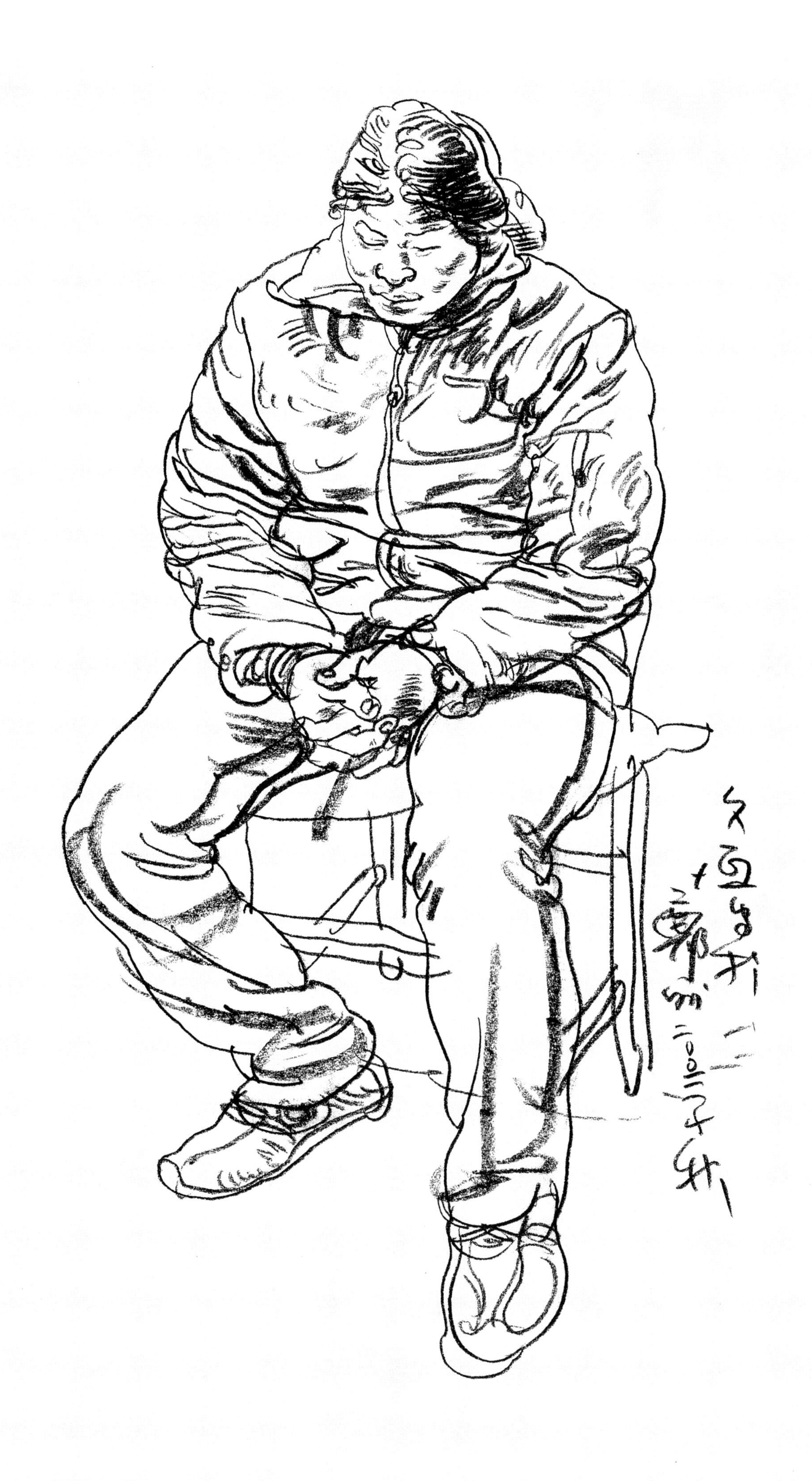

改优作品

张文恒速写范作

鲁北青年

豫西青年

巩义来的学员

朋友像

开封学员

郑州学生

津门男子

看天的人

邓州小子

豫西姑娘

掌上珍卡片